La Légende de Quisqueya I

roman

■ ■ ■ ■ ■ ■ ■ ■ ■ ■

Margaret Papillon

Saisie électronique
Yasmine Léger

Illustration couverture
Sidney Desmangles

Réalisation de la couverture
Margaret Papillon

Correction et révision
Communication Plus

Distribution
Communication Plus… Livres / complusa@yahoo.com

Photo de l'auteur
Dominique Franck Simon

Distribution
amazon.com
Communication Plus / complusa@yahoo.com

ISBN-13: 978-1456485184
ISBN-10: 1456485180

DU MÊME AUTEUR

- La Marginale, roman, 1987
- Martin Toma, roman, 1991
- Passions Composées, nouvelles, 1997
- La Saison du Pardon, roman, 1997
- Manmzelle Natacha, nouvelle, 1997
- Terre Sauvage, nouvelles, 1999
- Mathieu et le vieux mage au regard d'enfant, roman, 2000
- Innocents Fantasmes, roman, 2001
- La Raison des plus forts…, récit autobiographique, 2002
- La Mal-aimée, roman, 2008
- Noirs Préjugés, nouvelles, 2010
- Douce et Tendre Luxure, 2010

PUBLICATION POUR LA JEUNESSE

- La Légende de Quisqueya **I**, roman, 1999
- La Légende de Quisqueya **II**, roman, 2001
- Le Trésor de la Citadelle Laferrière, roman, 2001
- Sortilèges au carnaval de Jacmel, roman, 2002

À PARAÎTRE

- Babou chez le faiseur de songes, jeunesse
- Les Infidèles, théâtre
- La Promise, roman

ADAPTATIONS THÉÂTRALES

- La Légende de Quisqueya, adaptation de l'atelier Éclosion de Florence Jean-Louis Dupuy, octobre 2000
- Babou chez le faiseur de songes, adaptation de Artimoun de Emmanuelle Sainvil, juin 2002

TEXTES RADIOPHONIQUES

- Jeux interdits, décembre 1997, Radio Vision 2000 (Programme de lutte contre le sida)
- Les visites dominicales de Ludovic, 1998, Radio Vision 2000
- Angie, décembre 2001, Radio Ibo (Programme de lutte contre le sida)

- Feuilleton radiophonique: Manmzèl, décembre 2004 (Plan-Haïti / Plan International / Programme de lutte contre le sida)
- Parution de six modules radiophoniques sur l'OPC et les droits de l'enfant UNICEF 2005.

TEXTES PARUS DANS LES JOURNAUX

Manmzelle Natacha, nouvelle, Le Nouvelliste, 1997
Marinella, nouvelle, Le Nouvelliste, 1998
La folle journée de Tante Rose, nouvelle, Le Nouvelliste, 1998
Les visites dominicales de Ludovic, nouvelle, Le Nouvelliste, 1998
La conspiration du temps contre les cloches de la Cathédrale du
Cap-Haïtien, prose poétique, Revue Cultura, 1999
Les Canons de la Liberté, prose poétique, Le P'tit Nouvelliste, 2001
Terre sauvage, nouvelle, Le Matin, 2004
Fleurs d'insomnie, nouvelle, Le Matin, 2004
La Mal-aimée, mis en feuilleton de 55 épisodes, Le Matin, 2004/ 2005
Le Trésor de la Citadelle Laferrière, roman jeunesse mis
en feuilleton de 15 épisodes, Le Matin, 2005
Les Infidèles, pièce de théâtre mis en feuilleton de 8 épisodes,
Journal Anayizz / Le Nouvelliste, 2007
Vanité Salvatrice, nouvelle, Journal Le Matin, 2007, 2010

TEXTES PARUS SUR LE WEB

La Légende de Quisqueya, roman, île en île, 2003
Mathieu et le vieux mage au regard d'enfant, roman, île en île, 2003
Sortilèges au carnaval de Jacmel, roman, île en île, 2003
La Légende de Quisqueya II: Xaragua, la cité perdue, île en île, 2004
La Mal-aimée (roman), Pikliz.com, 2006
La soudaine intelligence de Carmélie Nozeille, Pikliz.com, 2008
Les épisodes d'Angie, Pikliz.com, 2007
Terre Sauvage (nouvelle), Pikliz.com, 2007
Les Infidèles (Théâtre), île en île, 2007
Innocents Fantasmes (roman), île en île, avec une présentation
de Jacques Roche (2003) & Pikliz.com (2007)
Mystérieux Occident, Pikliz.com, 2008
On a kidnappé la morte (nouvelle) Pikliz.com, 2008
La conspiration du temps contre les cloches de la Cathédrale
du Cap-Haïtien, roroli.com, 2009
Méprisa Lamour, nouvelle, www.wwohd.org, 2010
Le Trésor de la Citadelle Laferrière, roman, roroli.com (2009)
& capsuleshaitimonde.com (2009)
The kidnapping, 2010 (English translation by Suze Baron)

Untamed World, 2010 (English translation by Suze Baron)
Tierra Salvaje, 2009 (Spanish translation by Gahston Saint-Fleur)
Au nom du père et du fils…, ode au général Dumas, Pikliz.com (2009)

À mes enfants, Sidney et Coralie

Avant-propos

Mon premier texte, je l'écrivis à treize ans. À cette époque, je n'avais pas encore cette passion de l'écriture.

Néanmoins, séduite par l'attention que portaient mes frères et sœurs aux histoires fabriquées de toutes pièces que je leur débitais avec un bonheur sans égal, je couchai mes premiers mots sur un cahier d'écolier. Je ne tardai pas à mettre ce récit au rancart pour m'adonner à ma vraie passion d'alors: le sport; surtout le volley-ball et le basket-ball.

C'est tout à fait par hasard qu'en fouillant – cinq ans plus tard – dans une vieille armoire que je découvris le manuscrit enfoui. Je le relus en grimaçant, me demandant comment j'avais pu écrire des choses aussi mièvres.

D'un geste vif et spontané qui caractérise l'adolescence, je détruisis le texte, heureuse qu'aucun regard ne l'ait jamais parcouru.

Plus de vingt ans plus tard, ce geste, je le regrette encore, car je suis devenue écrivain et je ne me pardonne toujours pas la grande légèreté, l'absolue désinvolture de mes dix-huit ans.

C'est ainsi que je décidai, afin de réparer cette bévue, d'écrire un texte qui ressemblerait à ce récit d'aventures de mes treize ans, époque où ma prédilection allait aux livres tels que : Le Club des cinq et Le Clan des sept – je créai ainsi ma bande des quatre avec les quelques bribes d'histoires que j'avais encore en tête.

Ma revanche s'intitule La Légende de Quisqueya. *Un conte écrit avec bonheur, dans la joie de mon adolescence retrouvée et la nostalgie de mes années de puberté.*

J'espère que cette œuvre ravira mes jeunes lecteurs et lectrices d'autant plus que c'est mon premier livre jeunesse.

■   ■   ■   ■   ■   ■   ■   ■   ■   ■   ■   ■

1

Le cri des oiseaux qui les survolaient fit relever la tête aux randonneurs. Des oiseaux, ils en avaient vus de toutes les espèces et de toutes les tailles, qui les avaient charmés par le chaud coloris de leur plumage ou par la beauté de leurs chants. Mais ceux-là qu'ils admiraient, à l'instant même où ils s'approchaient du sommet du pic Macaya, avaient brusquement fait irruption dans le décor, les effrayant de leurs robes écarlates et de leurs cris qui rappelaient celui du corbeau. Ils tournoyaient dans le ciel à la manière des vautours ayant repéré une proie. Pourtant, aucune trace d'agressivité ne se manifestait dans leur vol plané : un contraste vraiment saisissant.

Le brouillard qui s'était soudainement levé s'épaissit, et un froid de plus en plus glacial paralysait les membres des jeunes randonneurs qui, surpris, montrèrent les premiers signes de panique.

Christine supplia ses cousins de stopper l'ascension du pic.

– Nous avons gagné notre pari, nous sommes parvenus à cette hauteur. Plantons notre drapeau ici même et dépêchons-nous de redescendre. Karl-Henri verra bien que nous n'étions pas en train de "crâner".

– Qu'est-ce qui te prend, Christine ? lui demanda Ralph. D'habitude tu fais preuve de plus de témérité. Nous avions dit au sommet. Nous ne pouvons surtout pas abdiquer alors que nous sommes si près du but. Encore quelques dizaines de mètres et nous sommes les rois de la terre.

– Je t'en prie, Ralph, ne fais pas de bêtises ! Nous sommes tous rompus de fatigue. Nous n'allons tout de même pas risquer notre vie pour une collection de timbres. Et puis, cet endroit me paraît suspect.

Leïla sortit de son silence pour renchérir :

– Christine a raison, Ralph. J'ai un drôle de pressentiment. J'ai les orteils en compote et mes membres sont transis de froid. Je crois qu'il serait plus sage de rentrer. C'est une question d'instinct, de sixième sens.

– Écoutez les filles ! vous vous dégonflez, et ça ne vous ressemble pas. Faites encore un petit effort pour votre cousin préféré qui rêve d'acquérir la plus merveilleuse collection de timbres qu'il ait jamais vue ! Vous vous laissez effrayer par cette vieille légende que raconte Karl-Henri dans la crainte d'avoir à nous céder vraiment toutes ces petites merveilles qu'il amasse depuis tantôt six ans. N'est-ce pas Ruddy ?

Le dénommé Ruddy jeta un bref coup d'œil vers les jeunes filles. Elles lui donnaient soudain l'impression d'être de mèche avec Karl-Henri afin de les empêcher d'acquérir ce qui, pour eux, les garçons, valait toutes les peines du monde.

Du haut de ses quatorze ans, Ruddy déclara pompeusement : « Écoutez, mesdemoiselles, vous n'allez tout de même pas nous faire le coup du sixième sens comme au cinéma ! Allez, encore quelques minutes et, vous aussi, vous serez les grandes gagnantes de cette histoire ! »

– Nous, répliqua Leïla, on s'en fiche de vos timbres, nous n'avons pas vraiment d'enjeu dans cette affaire !

– Comment ça, vous n'avez pas d'enjeu ? Essayez seulement d'imaginer l'admiration que nous vous porterons par la suite ! reprit Ralph.

– On n'en a que faire de votre admiration, Ralph. Nous, ce que nous voulons, c'est rentré le plus vite possible à la maison, prendre un bon repas chaud et nous mettre au lit sous une bonne couverture.

– Mais, bon sang ! vous ne voyez pas que nous touchons au but ! s'écria Ruddy. Il est déjà trop tard pour faire demi-tour. Ou, si vous voulez, redescendez seules. Ralph et moi, nous sommes des hommes braves et téméraires, nous irons jusqu'au bout de nos forces. Nous voulons ces timbres, nous les aurons !

– Bien ! dit Ralph, les filles, vous pouvez partir !

– Comment ça partir ? Leïla et moi, nous ne pourrons pas retrouver notre chemin seules. Nous n'avons pas votre sens de l'orientation, nous risquons de nous perdre. Et puis, que diront nos parents en nous voyant revenir sans vous. Papa nous avait bien recommandé de rester ensemble, sans quoi nous pourrons dire adieu à nos balades en solitaire dans la nature.

— Voilà ! Nos parents ont bien raison, il faut rester groupés ! dit Ralph, sur un ton ironique. Surtout que des filles seules, en pleine nature, ne sont jamais à l'abri de mauvaises rencontres.

À ces mots, les filles pâlirent et avalèrent péniblement leur salive.

Christine réagit en disant entre ses dents :

— Ah non, Ralph ! Toi, à ton tour, tu ne vas pas nous jouer la comédie du chantage. C'est ignoble de ta part.

— Alors, ne faites pas d'histoires. Ruddy et moi, nous sommes prêts à braver tous les dangers pour cette collection. Arrêtez votre bla-bla-bla et suivez-nous. Sinon, nous vous plaquerons ici, sans plus !

Christine et Leïla connaissaient leur grand cousin par cœur. Il ne disait jamais rien à la légère. Et puis, à quatorze ans, on cède vite à la panique. Elles se concertèrent du regard puis haussèrent les épaules d'un geste résigné qui traduisait leur défaite. D'ailleurs, avec Ralph cela arrivait souvent qu'elles soient à court d'arguments. Plus âgé qu'elles de trois ans, il n'en finissait pas de jouer un rôle de chef et les filles avaient pris l'habitude de plier sous son joug dominateur. Et puis, quoi faire quand on fait face à de véritables têtes de mules ?

Les mutines rendirent les armes à la grande satisfaction des gars qui crièrent victoire en tentant d'embrasser les vaincues qui refusèrent avec dignité.

Au fond, au-delà même de leur peur, elles auraient bien aimé remporter aussi la victoire sur cette belle nature plus que sauvage. Peut-être qu'un jour, elles pourraient brandir ces clichés – ces souvenirs, que Ralph, le photographe en herbe, allait s'empresser d'immortaliser sur la pellicule de sa petite caméra Canon – comme un trophée de chasse.

Cette pensée les consola et leur redonna la force et l'énergie nécessaires pour continuer leur ascension.

Elles endossaient leur sac une fois de plus, quand le brouillard s'épaissit de nouveau. Un sourd grondement de tonnerre se fit entendre tandis que les oiseaux de feu qui les survolaient, effarés, poussèrent des cris d'effroi en se dispersant brusquement.

D'un bref coup d'œil apeuré, les filles interrogèrent les boy-scouts, espérant les voir capituler, convaincus eux aussi de la drôle d'ambiance qui régnait dans leur environnement immédiat. Hélas ! ils affichaient tous les deux un air tout à fait serein. Décidément, rien ne pourrait les détourner de leur objectif.

C'est la mort dans l'âme et le cœur étreint par l'angoisse qu'elles les suivirent sur la piste qui conduisait au sommet du pic. LA PISTE DE L'ABÎME comme l'avait appelée le vieux griot qui logeait dans la vieille cahute au bas de la colline. « Les gens se faisaient happer par un grand souffle de vent dès qu'ils atteignaient la cime, et plus jamais on ne les revoyait... disparus, évaporés dans la nature ! », avait-il maintes fois répété comme une mise en garde en se signant de la main droite puis de la main gauche conjurant ainsi tous les mauvais sorts. Les yeux hagards et avec des mots hachés, il parlait de cette vieille légende indienne, LA LÉGENDE DE QUISQUEYA, qui gardait les curieux éloignés de la partie nord du pic.

« Des fadaises, tout ça ! », avait claironné Ralph, tout excité à l'idée de partir à l'aventure. « Gageons ma collection de timbres que tu n'auras pas le courage de vérifier si la vieille légende dit vrai ! », avait lancé Karl-Henri qui cherchait toujours à prouver à Sophia, une jeune fille à qui il faisait une cour assidue, qu'elle portait à tort une admiration sans bornes à Ralph, alors que celui-ci, à son avis, n'était qu'un fieffé poltron.

Ralph, qui n'attendait que l'occasion de ravir Sophia et la superbe collection de timbres à son ami, avait décidé de relever le défi en embarquant ses trois cousins préférés dans l'aventure.

Après avoir fait part à leurs parents de leur intention d'organiser un pique-nique, ils étaient partis sans leur parler de la vieille légende. C'était un sujet interdit aux plus de dix-sept ans, sous peine de se faire mettre au rancart.

■ ■ ■ ■ ■ ■ ■ ■ ■ ■ ■

2

À mesure que le petit groupe se rapprochait du but, la forêt semblait être attentive à leurs moindres mouvements. Le vent, de plus en plus froid, leur fouettait le visage. Ralph et Ruddy marchaient en tête ; Christine et Leïla les suivaient, avançant dos contre dos de manière à pouvoir contrôler les alentours, le cœur battant à grands coups dans leur jeune poitrine.

Maintenant, le silence du bois n'était troublé que par le chant des milliers d'insectes et par une source claire dont la pureté faisait le bonheur des libellules qui venaient s'y abreuver en toute quiétude. Perché sur la plus haute branche d'un pin majestueux, un perroquet aux couleurs de fête était occupé à sa toilette. Quand il perçut ce bruit de pas craintifs sur les brindilles de pins, aiguillonné par on ne sait quel réflexe, il poussa un long cri et vola vers ces « petits d'hommes » violeurs de territoires sacrés. Déployant ses ailes, il frôla la petite bande qui se rejeta en arrière en poussant des cris stridents, effrayés par cette soudaine attaque.

Puis, le bel oiseau disparut dans un fourré, ce qui rassura les randonneurs. « Ouf ! heureusement qu'il y a eu plus de peur que de mal ! », commenta Ralph, qui lui aussi avait faillit prendre ses jambes à son cou, oubliant son assurance coutumière.

Quand ils atteignirent la partie nord de la cime, le soleil était à son zénith. Ils poussèrent des hourras de joie. Ralph brandit le drapeau au-dessus de sa tête, avisa une petite clairière et décida de l'y planter juste au milieu.

À l'aide du grand coutelas qu'il avait apporté, Ruddy sarcla quelques pouces de terrain autour duquel ils se réunirent tous les quatre. Ralph, sur un ton docte, récita une litanie que personne ne comprit, mais qu'il résuma pour les « profanes » en quelques mots:

« NOUS SOMMES LES MAÎTRES DU MONDE ! »

Des deux mains, les filles empoignèrent le mât du drapeau et l'enfoncèrent dans la terre moite alors que les garçons imitaient les cris de guerre indiens.

Soudain, sans le moindre signe d'avertissement, la terre s'ouvrit sous leurs pieds et ils furent happés par le vide.

Ils poussèrent tous un grand et long cri d'effroi en s'enfonçant dans un gouffre sombre aux profondeurs abyssales.

***

La chute fut longue et éprouvante pour leurs nerfs. C'était comme s'ils glissaient sur un toboggan géant ou sur une montagne russe en folie sans savoir ce qui les attendait au bout.

Ce voyage au centre de la Terre sembla durer une éternité puis, à leur grande surprise, ils atterrirent dans une eau fraîche, douce et peu profonde. Quand Ralph fit surface, d'abord, il n'en crut pas ses yeux. Il se trouvait dans une étrange grotte dont les parois semblaient coulées dans du métal ressemblant étrangement à de l'or. Interloqué, il nota, accrochées au mur, la présence de deux torches dont les reflets faisaient briller ce métal. Il nagea quelques mètres pour regagner la rive que les autres avaient déjà atteinte.

En bon chef, il procéda à l'appel et s'enquit de l'état de santé de la troupe. Ils n'avaient rien de cassé heureusement, mais tremblaient d'émotion.

Les filles se mirent à sangloter, en couvrant leurs cousins de reproches. À cause de leur cupidité, ils se trouvaient tous dans de beaux draps, happés « PAR LE GRAND SOUFFLE DE VENT POUR NE PLUS JAMAIS REVENIR », comme le disait la légende du vieux griot.

Ralph tenta de rassurer ses cousins; mais il s'y prit sur un ton si peu convaincant qu'il ne réussit qu'à produire l'effet contraire, semant ainsi la déroute dans les rangs.

Les filles avaient le moral en berne. Elles se lamentèrent encore longtemps sur le triste sort qui les attendait en ce lieu inconnu. Puis, elles se mirent à prier pour solliciter l'aide de Dieu, le Tout-Puissant. Elles crièrent le nom de leur mère, de leur père, en vain; seul l'écho de la grotte leur répondit.

Ils avaient, malgré eux, dévié du but. C'était le plus « grand inconnu ». Face à cette évidence et en dépit de leur appréhension, ils arrivèrent à se calmer et décidèrent de faire contre mauvaise fortune bon cœur...

– Faisons du tourisme, puisqu'on y est ! proposa Ruddy. Explorons cette grotte, peut-être trouverons-nous la clé de ce mystère.

– Nous ne bougerons pas d'ici ! tonna Leïla encore toute livide. D'ici quelques heures, en ne nous voyant pas revenir, nos parents partiront à notre recherche. Il ne faut pas nous éloigner.

– Écoute, Leïla, grommela Ralph, croupir ici ne nous mènera à rien. Alors, armons-nous de courage et allons au-devant de notre destin.

***

À la lueur des torches trouvées sur place, ils purent se frayer un passage à travers les étroits couloirs de la grotte dont les parois étaient couvertes d'inscriptions étranges. « Par endroits, on dirait des hiéroglyphes ! » observa Christine qui se passionnait pour l'Égypte ancienne.

– Tenez, par ici, il y a une grande murale qui représente le sphinx ! renchérit Ralph, incapable de cacher son enthousiasme.

Leïla demanda, avec un léger trémolo dans la voix :

— Vous n'allez tout de même pas nous faire croire que nous avons échoué en Égypte ?

— Mais non, grande sotte ! Tu oublies que cette terre d'Haïti était avant tout celle des Indiens, et les civilisations incas du Pérou, Mayas et Aztèques du Mexique ne sont pas très éloignées de nous. D'ailleurs, les Arawaks vivaient dans ce pays qu'on appelle actuellement le Venezuela avant que la barbarie des tribus Caraïbes ne les pousse à immigrer sur l'île d'Haïti. Il n'y a qu'un pas entre l'Amérique du Sud, l'Amérique centrale et la mer des Caraïbes. Nous sommes certainement dans une ancienne grotte d'aborigènes ! déclara Ruddy.

— Je ne vois pas le rapport entre les Incas dont tu parles et les pharaons.

— La similitude, chère cousine, c'est que les civilisations indiennes étaient aussi avancées que celle de l'Égypte et comportent autant de mystères jamais élucidés. Sais-tu que la civilisation des Mayas du Mexique a disparu mystérieusement au Xe siècle, laissant derrière elle ses temples, ses pyramides, ses œuvres d'art d'une beauté à couper le souffle ! Leur histoire, pourtant, avait duré six siècles. Ce que nous voyons ici ressemble quelque peu à la civilisation égyptienne; mais moi, je suis sûr de n'être pas en Afrique du Nord-Est. Ce serait même une pure folie de croire à cette hypothèse.

— Ruddy a raison, cela tiendrait de la magie. Nous sommes en Haïti. Cela veut dire que nous pouvons nous en sortir. Un mauvais plaisantin nous a tendu un piège. Je soupçonne Karl-Henri d'être dans le coup. Il a peut-être tout manigancé de manière à me ridiculiser aux yeux de Sophia. Eh bien ! je vais lui montrer de nous deux qui est le plus fort. Christine, passe-moi la carte des lieux et toi Leïla, prend la boussole qui se trouve dans mon sac à dos. Chers amis, faites-moi confiance. En moins d'une heure, nous serons à la maison.

Tout à coup, Ruddy qui continuait à scruter les parois de la grotte s'écria : « Venez vite voir, ici je reconnais des signes qu'utilisaient les Arawaks et les Caraïbes. J'ai lu tout un bouquin là-dessus, pas plus tard qu'avant-hier. Mais, ce que je trouve étrange, c'est le fait que ces nouvelles inscriptions soient peintes avec de la teinture rouge de roucou, et elles ont l'air d'être assez récentes. La peinture est encore fraîche ! »

– C'est impossible, déclara Ralph, les colons blancs avaient exterminé tous les aborigènes d'Haïti. Un génocide qui a coûté la vie à des centaines de milliers d'êtres humains et personne n'a jamais vu trace de tribus indiennes ici. Seulement quelques pierres taillées, dites pierres précolombiennes, témoignent de leur passage sur ce bout de terre. C'est à partir du XXe siècle que les arts dits précolombiens ont fait l'objet de fouilles méthodiques et d'études approfondies. Le Mexique et l'Amérique Centrale sont les régions qui ont livré les ensembles architecturaux les plus imposants et le plus grand nombre de pièces précieuses : textiles, figurines, poteries, sceaux, éléments de parure, etc. Même les vestiges de cette civilisation ont été rayés de la carte d'Haïti par les conquistadores. Je ne vois vraiment pas comment ils auraient pu subsister jusqu'à nos jours.

Ruddy ne l'écoutait déjà plus. Le nez collé à la fresque, il voulait déchiffrer encore quelque chose.

— Je crois que les petites flèches que voici nous indiquent le chemin à suivre pour sortir de la grotte. Suivez-moi. Nous rentrons à la maison, déclara-t-il triomphalement.

La petite troupe trotta allègrement derrière Ruddy. En suivant les indications de la fresque, ils finirent par quitter la vieille grotte derrière eux et débouchèrent sur une petite crique où une pirogue d'Indien tanguait au gré des vagues qui venaient mourir sur la plage.

***

Les jeunes gens, éblouis par la lumière crue du soleil, mirent quelque temps avant de pouvoir contempler le paysage paradisiaque qui s'offrait à leur vue. Éblouis, furent-ils encore quand leurs yeux, qui n'avaient jamais connu semblable ravissement, pu-rent se poser sur cette nature luxuriante s'étalant à perte de vue.

— Mais, où sommes-nous ? demanda Christine.

— Au paradis, très certainement, répondit Ralph, encore tout ébahi. Nulle part ailleurs, on ne trouve autant de variétés de plantes et d'oiseaux. Qu'en dis-tu, Ruddy ?

— Nous ne pouvons pas avoir quitté Haïti. D'ailleurs, cette nature ressemble beaucoup à celle de notre île, sauf qu'ici elle ne semble pas avoir souffert du déboisement et du vandalisme.

Ils regardaient tout autour d'eux avec enchantement, incapables de résister à la magie créée par des milliers de fleurs et d'oiseaux multicolores.

– Qu'allons-nous faire maintenant Ralph ? demanda à son tour Leïla, encore plus angoissée qu'avant. C'est bien beau ici, mais moi, je veux rentrer.

– On a bien le temps. Il nous faut d'abord éclaircir tous ces mystères. Ruddy, prends la boussole et indique-moi le nord.

Ruddy s'exécuta.

– Je n'y comprends plus rien, Ralph. L'aiguille de la boussole est devenue folle, elle tourne sans arrêt dans un sens puis dans l'autre.

Ralph lui arracha le petit instrument et constata le fait.

– Nous devons être très proches du triangle des Bermudes, ironisa Christine pour masquer sa peur.

– Mes amis, écoutez ! nous n'avons d'autre choix que celui de continuer à avancer. Je ne vois vraiment pas d'autre issue. Nous allons emprunter ce canoë qui semble avoir été placé sur cette rive tout exprès pour nous. C'est là peut-être notre seule planche de salut. Alors, armons-nous de courage et faisons face à notre destin !

■ ■ ■ ■ ■ ■ ■ ■ ■ ■ ■

3

Ils pagayaient depuis une heure dans un lagon tantôt vert émeraude, tantôt bleu azur où nageaient une multitude de poissons magnifiques aux couleurs vives, quand leur regard fut attiré par une plage splendide aux mille et un cocotiers et au sable blanc d'une pureté et d'une finesse incroyables.

Ils décidèrent d'accoster pour mieux profiter de tant de beauté et aussi pour chercher une source d'eau douce. Mais, plus ils se rapprochaient de la plage, plus celle-ci semblait s'éloigner. Un épais et froid brouillard, soudainement levé, leur barra la vue.

« Épave à bâbord ! » s'écria brusquement Ruddy en tentant une manœuvre désespérée. Aidé de sa pagaie, il essaya d'éviter le choc, mais la vitesse avec laquelle le canoë filait rendit l'action tout à fait impossible. Ralph, surpris par cette apparition soudaine, resta médusé, jurant que d'épave, il y avait à peine quelques secondes, il n'en existait pas.

La collision fit chavirer le canoë qui se retourna, balançant dans l'eau nos quatre aventuriers en herbe. Ceux-ci nagèrent avec précipitation vers la vieille échelle de cordes qui pendait du navire-épave et s'y accrochèrent jusqu'à ce qu'ils soient revenus de leur saisissement.

Quelques minutes plus tard, ils étaient sur le pont de l'ancien galion espagnol qui portait le nom – encore une chose mystérieuse – de SANTA MARIA, tout comme le célèbre navire de Christophe Colomb. Dans la cale sombre, ils découvrirent de vieux coutelas et une vieille épée toute rouillée par l'air salin du large.

Ralph et Ruddy, comme deux gosses grisés par l'aventure, se mirent à jouer aux méchants pirates. Ils simulaient un jeu de capes et d'épées, quand ils entendirent des bruits de pas sur le pont. Christine et Leïla se figèrent dans leur coin.

Du bruit à l'extérieur ? C'était impossible, ils étaient seuls à bord.

Quand ils remontèrent sur le pont, un spectacle des plus incongrus les attendait. Une centaine d'Indiens vêtus de pagnes, le corps couvert de roucou et armés de lances, s'y tenaient. Le buste droit, les jambes écartées, dans une attitude toute militaire, ils avaient l'air d'attendre les ordres du grand chef qui trônait au milieu d'eux, chamarré dans son costume des jours de fête et coiffé d'une innombrable quantité de plumes lui tombant jusqu'à la ceinture. Lui aussi, les bras croisés sur sa poitrine, attendait Dieu sait quoi.

Les deux groupes se jaugèrent du regard. Un lourd silence plana entre eux. Puis, brusquement, à la suite d'un ordre bref et laconique, les Indiens se saisirent des jeunes gens qu'ils eurent tôt fait de ligoter, ces derniers n'ayant

opposé aucune résistance farouche. La surprise avait ba-
layé toute velléité de bravoure chez nos jeunes boy-scouts.

Puis, le grand chef se mit à parler, la mine sévère. Il
parla longtemps d'une voix hachée sans se douter un instant que son galimatias était tout à fait incompréhensible
pour ses vis-à-vis. Excédé par leur apparente passivité, il
intima l'ordre qu'on les descendît à terre.

■ ■ ■ ■ ■ ■ ■ ■ ■ ■ ■ ■ ■

4

C'est au son du tam-tam que la petite équipe pénétra dans le village où d'autres Indiens les attendaient. Ces derniers se bousculaient même pour les voir comme s'ils étaient des bêtes curieuses. Certains arrivaient à les toucher et s'enfuyaient à toutes jambes, comme brûlés par la chaleur de leur peau.

– Qu'est-ce qui nous arrive, Ralph, qui sont ces gens ? Où sommes-nous ? demandaient sans cesse les filles.

– Au point où nous en sommes, nous allons bientôt tout savoir. Mais moi, j'ai l'impression de rêver. Ceci est un long cauchemar, et sous peu je vais me réveiller, affirma Ralph.

– Si tu pouvais dire vrai, soupira Ruddy, lui aussi terrassé par l'effroi. Si ce n'était qu'un film monté dans les studios hollywoodiens ?

– Cet endroit est étrange, souffla Leïla, on dirait la réplique exacte du pic Macaya... Je n'y comprends plus rien. Et aussi, que nous veulent ces gens ? On est comme des animaux de cirque ou de zoo. Voyez comme ils nous dévisagent.

Après avoir allumé un grand feu de bois, les Indiens les laissèrent en plein milieu du village. Ils défirent leurs liens et leur apportèrent à boire et à manger. Au menu, de la viande boucanée, de la cassave et du jus de coco. Les captifs mangèrent, tout de même, d'un bon appétit; toute cette aventure les avait creusés.

***

Le jour déclinait lentement sur le village quand les petits aventuriers entendirent à nouveau le son des tam-tams. Un cercle d'hommes se forma rapidement autour d'eux, puis un sorcier, à la peau fripée comme un vieux parchemin, s'avança.

— Salut, étrangers, dit-il en français, bienvenue à Quisqueya, la vraie Haïti Boyo Quisqueya, terre de nos ancêtres Arawaks dont descendent les Taïnos et les Ciguayos. Nous sommes heureux de recevoir votre visite. Vous êtes la preuve vivante que la légende de Quisqueya est en train de s'accomplir.

À ces mots, les jeunes gens poussèrent un cri de surprise. Cette légende existait donc bel et bien. Quelle surprise ! Le vieux griot avait raison, et il leur tardait de savoir de quoi il en retournait.

Ralph prit la parole :

– Qui es-tu étranger ? Et où as-tu appris à parler notre langue ? Où sommes-nous ? Aurions-nous découvert l'Atlantide ? Cette île hypothétique jadis engloutie et qui a inspiré, depuis Platon, de nombreux récits légendaires.

– Mon nom est Cayacoha. Je suis le sorcier de cette tribu Taïno, j'ai le pouvoir d'aller dans l'autre face de l'île, chez vous. C'est la raison pour laquelle je parle français. J'enseigne aussi votre langue aux enfants du village.

– Comment ça, l'autre face de l'île ?

– Ah étranger ! ceci est une histoire fort compliquée ! Il y a bien longtemps, cela fait déjà cinq cents ans, un homme du nom de Christophe Colomb prit possession d'Haïti Boyo Quisqueya. Lui et ses conquistadores mas- sacrèrent notre peuple, ils jurèrent même de nous exter- miner tous, car nous n'avions pas la force physique né- cessaire pour faire face aux durs travaux d'extraction de l'or qu'ils nous imposèrent. Alors, le grand sorcier des Arawaks, le grand Hatuey, pria nos Dieux pour qu'ils nous viennent en aide. Ils exaucèrent ses prières grâce à leur puissante magie. Ils renversèrent l'île et nous mirent ainsi à l'abri des vandales qui héritèrent d'une face ju- melle. Ils crurent nous avoir tous exterminés alors que nous coulions de longs jours tranquilles sous leurs pieds. Ils firent chercher des Africains pour exécuter leur plan machiavélique. Ils les torturaient sans pitié pour parvenir à leur fin : être riches. Nous, nous vivions, cachés du monde, sur cette terre paradisiaque depuis cinq siècles et nous rêvions depuis toujours de reprendre notre vraie place là-haut. Les terres devaient rester jumelles, mais votre comportement honteux de l'autre côté a gâché le paysage, détruit les arbres, asséché les rivières, faisant d'un si beau pays un désert. Or, la légende dit que si vous échouez là-haut, nous devons vous chasser pour reprendre le contrôle afin que tout redevienne comme avant.

– Ça alors, vous plaisantez !

– Nullement, jeune homme. C'est un ordre des dieux. Nous devons reconquérir ces terres pour prouver au monde entier que nous sommes, nous, Arawaks, les vrais maîtres de ce pays. Si vous aimiez votre part d'île, vous l'auriez protégée. Très souvent je me rends chez vous, grâce à la formule magique héritée de mes ancêtres, constater les dégâts. Nous ne pouvons plus tolérer pareil comportement irresponsable. Nous avons le devoir d'agir, et ceci très vite.

Ralph balbutia :

– Je... ne comprends pas. Qu'allez-vous... faire ?

– La légende spécifie qu'au bout de nos cinq cents ans de cache, quatre jeunes habitants de l'île, là-haut, viendraient nous rendre visite. Nous devrions les juger en lieu et place de leur peuple. S'ils sont reconnus coupables de gabegies, alors nous reprendrons notre place pour montrer à l'univers tout entier la beauté de l'île d'Haïti. L'image que vous projetez est honteuse et indigne des vrais habitants de l'île. Nous devons rendre à Haïti sa splendeur et son rayonnement.

– Mais vous êtes fou ! Que va-t-il advenir de nos parents restés dans l'autre pays jumeau, comme vous dites ?

– Ils périront avec les autres. Nous n'y pouvons rien.

– Et nous ? demanda Christine d'une petite voix suppliante.

– Vous, vous resterez avec nous, ous serez les échantillons de votre race. On vous enfermera dans un grand parc pour que les nôtres puissent vous contempler à loisir, afin que nul n'ait l'envie de suivre votre mauvais exemple.

La troupe claquait des dents. Eh bien ! elle n'était pas au bout de ses émotions !

– Et quand serons-nous jugés ? demanda Ralph qui, sous la menace, redevenait impavide.

– Votre procès aura lieu lorsque la Lune par dix fois voilera la face de la Terre. Alors, le grand Butios et le grand chef Bohéchio vous amèneront, comme le veut la légende, par-devant le grand jury composé de plusieurs sages du caciquat et de vos ancêtres. Alors commencera le plus grand procès de tous les temps.

– Mais, nous sommes trop jeunes pour payer pour les autres.

– Jeune, on ne l'est jamais trop. C'est le sens des responsabilités qui détermine l'âge d'un individu. Avez-vous déjà planté un arbre ?

– Non !

– Alors, vous êtes vieux ! Un jeune qui n'a jamais vu grandir son arbre est un individu blasé et triste. Chez nous, chaque gosse a un arbre dont il s'occupe avec amour. Il l'arrose et il lui parle comme à un enfant. C'est pourquoi ici, il y a des millions d'arbres. Et puis, les gamins ne détruisent pas les oiseaux et les anolis avec leur fronde. Ils prennent plaisir à les admirer et à les entendre s'égosiller dans les arbres heureux.

À ces mots, les quatre jeunes gens baissèrent la tête d'un air contrit.

– Bon ! je vous laisse à votre méditation, reprit Cayacoha, je vais vous envoyer des jeunes de votre âge qui vous feront visiter l'île jusqu'au jour du procès. La petite Anacaona et le petit Kaliko, fille et fils du roi, sont les meilleurs guides de tout le caciquat.

Cayacoha leur signifia d'un geste de la main qu'il mettait fin à l'entretien. Il se tourna alors vers les guerriers qui faisaient toujours cercle autour d'eux et leur dit quelques mots en langue indienne. Ces derniers poussèrent des hourras de plaisir, et commença une fête animée par les sambas, fête qui ne devait s'arrêter qu'aux premières lueurs de l'aube.

■ ■ ■ ■ ■ ■ ■ ■ ■ ■ ■

5

C'est libre de tout lien que les boy-scouts entamèrent leur seconde journée sur l'île jumelle. Malgré l'émotion provoquée par leur aventure, ils avaient dormi d'un sommeil profond et régénérateur, bercés par le bruit des vagues qui balayaient la plage et le *chuichui* du vent dans les feuilles de cocotiers.

Ils eurent droit à un petit déjeuner royal composé de figues-bananes, d'ananas, de manioc arrosé de court-bouillon de poissons fraîchement pêchés et d'un jus de grenadine qu'on leur servit dans des noix de cocos séchés.

Quand l'Indien qui les servait se retira, Ralph en profita pour faire le point avec les autres :

– Bon ! pour résumer la situation, je pourrais dire que nous sommes dans de beaux draps. Nous avons échoué sur une île qui ressemblerait fort à l'Atlantide. Le docteur Mathurin a toujours déclaré à qui veut l'entendre qu'Haïti est le sommet de l'Atlantide. Aujourd'hui, les faits prouvent qu'il avait entièrement raison. Il nous faut trouver coûte que coûte le moyen de nous échapper d'ici. Nous n'allons surtout pas rester les bras croisés à attendre que l'on détruise notre pays, notre peuple, nos parents, nos amis. Ici, c'est vraiment un endroit idyllique, mais nous ne sommes pas chez nous et nous ne voulons pas y rester.

— Que pouvons-nous faire ? questionna Christine.

— Je ne sais pas trop pour le moment. Je crois comprendre que nous avons seulement dix jours devant nous. Cayacoha a bien dit que le procès aurait lieu quand la Lune aura voilé par dix fois la face de la Terre. Alors, il nous faut fuir avant ce jour...

— Pourquoi fuir ? l'interrompit Ruddy, nous devons, au contraire, affronter ce fameux jury. Nous gagnerons à nous préparer une solide défense, leur prouvant ainsi que nous ne sommes pas les nullités, les apatrides et les lâches qu'ils croient.

— Mais tu rêves, Ruddy ? Nous n'avons aucun argument solide capable d'assurer une bonne défense. Ils nous reprochent de maltraiter l'île jumelle, d'être responsables de la destruction de tout un patrimoine végétal et animal. Ils n'ont pas tort. Quel triste spectacle leur offrons-nous, quand Quisqueya est boisée et regorge de sources et de rivières. C'est en arrivant ici que je me suis rendu compte à quel point nous sommes des barbares. Papa dit souvent que nous sommes si occupés à nous détruire les uns les autres que nous ne nous rendons même pas compte que nous vivons sur du fatras.

— Il a bien raison. Mais tout cela ne leur donne pas le droit de nous reprendre ce qui nous appartient de plein droit.

– Cette terre dont nous avons hérité lors de notre indépendance en 1804 était avant tout celle des Indiens. Ne l'oublie pas, Ruddy.

– Je ne l'oublie pas. Mais ils l'ont abandonnée; maintenant, elle est à nous. Nous l'avons acquise à la force de nos poignets. Et personne ne nous la reprendra.

À ces mots, les filles applaudirent avec enthou-siasme.

– Il a raison, Ralph ! dit Leïla. Nous ne fuirons pas. Nous resterons pour nous défendre et défendre les nôtres. Si nous savons reconnaître nos torts, c'est déjà un grand pas. Il nous faudra tout simplement nous entendre pour corriger nos erreurs et donner ainsi une chance à notre beau pays pour qu'il retrouve sa splendeur d'antan.

Ralph réfléchit un court instant et tomba d'accord avec le reste de la troupe. Ils formeront un bloc pour défendre la vie des leurs. Au moment où ils mettaient un terme à leur discussion, un léger bruit les fit sur-sauter.

Une jeune Indienne d'une quinzaine d'années apparut. Sur son épaule trônait le plus beau perroquet qu'ils aient jamais vu.

D'une voix claire et musicale, elle dit :

« Je suis Anacaona, arrière-petite-fille de la grande Anacaona, reine du Xaragua, et du grand roi Bohéchio. J'ai été chargée de vous faire connaître l'île jumelle dans ses moindres recoins jusqu'au jour de votre procès. Mon frère Kaliko, qui devait m'accompagner, est parti à la pêche. J'accomplirai seule cette tâche.»

Ralph fut immédiatement séduit par la beauté de la jeune Indienne. Elle lui apparaissait comme le pre-mier rayon de soleil de la journée. Il se tourna vers Ruddy et dit :

« Comme je te disais tout à l'heure, mon cher cousin, il serait préférable de profiter de l'hospitalité de nos hôtes le plus longtemps possible. »

Ruddy et les filles échangèrent des regards incré-dules. Le beau perroquet sur l'épaule d'Anacaona reprit d'une voix gouailleuse :

« Il serait préférable de profiter de l'hospitalité de nos hôtes ! »

Les jeunes gens éclatèrent de rire. C'était bien la pre-mière fois qu'ils étaient en présence d'un oiseau parlant.

Ce petit fait rompit toute la glace qui aurait pu exister entre eux et la jeune Indienne. Et ils partirent tous pour une grande randonnée à travers les bois odorants.

■ ■ ■ ■ ■ ■ ■ ■ ■ ■ ■

6

Grâce à Anacaona, les jeunes gens apprirent sur l'île jumelle tout ce qu'il y avait à savoir. Elle leur montra même la manière de planter des arbres avec amour, de protéger l'environnement, de pêcher de beaux poissons dans l'eau claire des rivières, de réparer les ailes cassées des oiseaux. Elle leur conta aussi une belle histoire, son oiseau de feu toujours perché sur son épaule. Elle dit :

« Il était une fois, une île bercée par la mer des Caraïbes, terre de mon peuple, du nom de Ayti qui signifie haute terre. Quand un navigateur du nom de Christophe Colomb la découvrit, il la déclara la plus belle île du monde. Le pays des hommes que Colomb appela Indiens, parce qu'il crut être en Inde, était divisé alors en cinq parties appelées caciquats. Chaque caciquat avait un chef, le cacique. Les Indiens d'Haïti étaient des gens paisibles. Ils n'avaient même pas de prisons pour enfermer les mauvais sujets. La punition consistait parfois à les expulser du territoire. Quand les Indiens étaient malades, ils appelaient le prêtre ou butios. Celui-ci connaît les plantes qui guérissent, il dit des prières afin que le malade se rétablisse vite. Après le cacique, le butios est l'homme le plus important de la tribu. Les gens le consultent régulièrement pour savoir ce qui fait plaisir aux dieux. Tout le monde au village aime chanter et s'amuser. Les sambas ou poètes composent des poésies qui racontent les joies et les peines des membres de la tribu et les aventures des héros. Au moment des fêtes et des cérémonies religieuses, enfants et adultes chantent ces poésies au son des tambours.»

Anacaona parlait, parlait, parlait; mais, si Ruddy, Christine et Leïla l'écoutaient avec attention, Ralph, lui, ne regardait que le mouvement de ses lèvres, couleur de prune mûre. Depuis qu'elle leur servait de guide, il n'avait plus du tout envie de quitter l'île jumelle. À maintes reprises, Ruddy lui avait demandé s'il préparait la défense de leur peuple, il répondait d'un geste évasif de la main.

Ruddy n'était pas dupe. Il savait que les regards énamourés, échangés entre la belle Indienne et Ralph, avaient quelque chose à voir avec la soudaine léthargie de son jeune ami.

Ralph était amoureux de la princesse Anacaona. Il ne la lâchait pas d'une semelle, buvait ses paroles comme un assoiffé aurait bu l'eau claire et douce d'une source. Ce sentiment nouveau le bouleversait. Et il remercia secrètement le ciel, et Karl-Henri qui l'avait poussé à affronter cette vieille légende de Quisqueya.

Maintenant, il n'attendait que l'occasion d'être seul avec elle pour lui déclarer son amour et lui offrir cette rose qu'il avait cueillie spécialement pour elle. Il profita d'un instant où les autres nageaient dans la rivière pour lui faire sa déclaration.

Elle accepta la rose en refermant ses longs cils sur son regard candide.

Quand elle rouvrit les yeux, des larmes y perlaient. Elle dit dans un soupir :

« Tout sentiment entre nous est voué à l'échec. Trop de choses nous séparent, bel étranger. C'est vrai que mon cœur vous a été acquis dès le premier jour, mais mon père, le grand chef Bohéchio, pense qu'à cause de votre mauvais comportement dans l'île jumelle, vous êtes indignes. Il n'acceptera jamais notre amour ! »

– Ne dites pas ça ! belle princesse. Je ferai n'importe quoi pour mériter votre cœur, quitte à changer celui de mes compatriotes.

– Ce n'est pas si facile. Mon père dit que cinq siècles de gabegie ne s'effacent pas en un jour.

– Rien n'est impossible pour un homme épris. J'inventerai même une formule magique pour gagner le droit de vous aimer et de vous protéger.

Anacaona répondit à ce cri d'amour par un rire de coquetterie et se mit à fredonner une chanson indienne avec laquelle sa mère la berçait quand elle était enfant.

Une fois son chant terminé, elle attrapa Ralph par la main et lui dit :

– Viens, suis-moi ! je t'emmène voir le plus ancien des butios, lui seul connaît tous les secrets. Il saura comment résoudre toutes les énigmes.

– Mais, et les autres ? questionna Ralph qui pourtant la suivait déjà.

– Ils connaissent le chemin, ils peuvent bien rentrer au village sans nous.

Et elle se mit à courir dans le vent, sur le sable chaud et brillant de la plus belle des plages aux rives de diamants; son beau perroquet, Inca, à ses trousses, répétant : « Viens, suis-moi, viens, suis-moi ! »

Ralph la suivit, heureux d'avoir déjà un secret à partager avec elle, elle seule.

■ ■ ■ ■ ■ ■ ■ ■ ■ ■ ■ ■

7

La folle course ne prit fin que dans un sous-bois touffu où coulait en cascades une eau qui prenait sa source au flanc d'un morne couvert de fougères géantes. Anacaona arriva en vue d'un grand sablier et le montra du doigt à Ralph.

« C'est dans cet arbre que vit le plus grand des butios. Nous l'appelons l'arbre de la vie, car à lui tout seul il est un hymne à la vie. Son entourage n'est que beauté. Vois ces milliers de variétés de fleurs qui vivent à l'ombre de son feuillage ! »

La petite Indienne se déchaussa, puis à l'aide du couteau qui pendait toujours à sa ceinture, elle décrivit sur le sol un cercle dans lequel elle entra en faisant signe à Ralph de l'attendre sans faire de bruit.

C'est dans un silence le plus total, dont la forêt se fit complice, qu'Anacaona, les bras en croix, récita une prière aux intonations incantatoires.

Quelques minutes plus tard, un rayon lumineux sortit du ciel, illumina le cercle. Alors, la princesse indienne tendit la main à Ralph qui l'attrapa pour rentrer à son tour dans le rayon lumineux.

Anacaona demanda à Ralph de s'agenouiller, la tête penchée vers le sol. Elle lui demanda de garder quelques minutes cette attitude pleine d'humilité. Soudain, le tronc du grand sablier s'ouvrit doucement, et un homme, si vieux qu'il n'avait plus d'âge, apparut.

— Bonjour, princesse ! dit-il, en inclinant la tête avec respect. Guarico, le plus grand des butios, est à ton service.

Ralph frémit en entendant cette voix qui semblait avoir traversé des siècles.

Inca, le perroquet, qui répétait tout ce qu'il entendait, ne dit mot. Chez lui aussi, on sentait le respect dû à Guarico, qui, vêtu de ses habits de jours de fête et coiffé de grandes plumes blanches, brunes et pourpres, était très imposant malgré les profondes rides qui raviaient son visage.

— Ô grand butios ! toute notre vénération t'est toujours acquise. Je viens vers toi, car j'aurais besoin de ta science et de tes conseils.

— Que puis-je pour toi, petite princesse des Caraïbes ?

— Hum ! c'est un peu difficile à dire...

— Rien n'est difficile quand on a pris une décision ferme.

— C'est à dire...

– D'abord, qui est ce jeune étranger ?

– Eh bien, voilà ! c'est justement à cause de lui que je suis ici ! Il fait partie des quatre jeunes venus de l'île d'Haïti, l'île jumelle de Quisqueya.

– Quoi ! ce jeune homme est haïtien, et tu oses lui tenir la main, dit le grand butios d'un air effaré. Tu ne sais donc pas qu'ils détruisent tout là-haut ? La prophétie est donc en train de se réaliser. Bientôt nous reprendrons le contrôle de l'île d'Haïti pour qu'elle redevienne la vraie jumelle de Quisqueya. Loués soient les dieux ! Il fallait bien qu'un jour nous arrêtions de nous faire du mauvais sang. Il faut en finir avec cette horde de sauvages qui ravagent tout sur leur passage, mettant ainsi en danger la survie des espèces. À force de déboiser leurs mornes, ils nous envoient toute leur boue. Ils polluent tout. Ils nous envoient même des pneus usés ! C'est à croire qu'ils prennent l'océan pour une vraie poubelle. Alors moi, de temps à autre, j'invente une tempête et je leur renvoie tout ça à la figure. Hélas ! le jour suivant, le tout nous est retourné avec la même désinvolture. Que les Zémès soient loués ! L'heure de la délivrance a sonné, l'heure d'en finir avec ces vandales...

– Mais, c'est à cause justement de la légende que je suis ici avec le jeune Haïtien ! il s'appelle Ralph...

– Ralph ! drôle de nom pour un humain.

– Écoute, Guarico, veux-tu au moins écouter ce que j'ai à te dire. Tu ne me laisses pas placer un mot.

L'excitation du plus grand des butios tomba d'un coup.

– Tu as raison, princesse, un sage doit savoir écouter. Je te suis tout ouïe.

– Tu m'en vois réjouie, Guarico. Bon, voilà ! Tout n'est pas comme nous le croyons. Ces jeunes nous l'attestent. Il y a beaucoup d'Haïtiens qui ne sont pas contents du comportement de leurs compatriotes. Alors, ce serait injuste de notre part de détruire des millions d'êtres humains à cause d'une petite minorité. Nous sommes quand même un peuple pacifique. Nous ne pouvons pas nous comporter en sauvages.

– Qu'attends-tu de moi au juste, Anacaona ?

– Je voudrais que tu me dises comment tirer mon ami de ce mauvais pas. Toi qui connais la loi des Zémès, dis-moi comment ces jeunes Haïtiens pourraient échapper à ce terrible procès.

– Il n'y a aucun moyen d'arrêter le processus qui a été déclenché avec l'entrée de ces jeunes par le passage secret qui relie nos deux existences. D'ailleurs, ce serait une menace pour notre peuple s'ils repartent chez eux et racontent ce qu'ils ont vu, ce qu'ils ont vécu. Nous risquons un envahissement en bonne et due forme, ce qui s'avèrerait être contraire à toutes les... prophéties.

– Je vous en prie, grand butios, il faut nous aider, l'interrompit Ralph. Je vous assure que parmi les gens de mon peuple, il y en a qui ne rêvent que de faire d'Haïti une île aussi belle que Quisqueya. Tout ce qu'on vous demande, c'est de nous aider.

– Tiens, tiens, tiens ! ton ami sait parler, petite princesse ! Un moment, j'ai cru qu'il avait donné sa langue au chat.

– C'est à cause du grand respect qu'il te doit. Mais il faut le comprendre, l'avenir de son peuple repose sur ses frêles épaules. Le jour du procès arrive à grands pas, et il ne sait toujours pas comment assurer sa défense de manière à épargner aux siens de très grandes tribulations. Il ne peut plus se taire.

– Je vous en prie, grand butios Guarico ! supplia Ralph. Tout ce que je demande, c'est une chance de rachat pour les miens.

– Ah, ça, mon fils, il sera difficile de l'obtenir ! Les faits sont contre vous. Le grand jury a amassé, au cours des siècles, des milliers de preuves.

– Je t'en supplie, grand butios, fais quelque chose ! pria Anacaona, les larmes aux yeux.

– Bon, bon, bon ! ça va ! dit le grand butios, vaincu par les larmes de la petite princesse, venez avec moi, nous allons consulter les Oracles. Anacaona, laisse ton bel oiseau dehors, il risque de troubler ma méditation.

Le bel oiseau de feu s'envola pour se poser sur la plus haute branche du sablier en criant à tue-tête :

– Il risque de troubler ma méditation, il risque de troubler ma méditation, foutaises !

***

Quand Anacaona et Ralph retournèrent au village, toute la tribu dormait à poings fermés sauf Ruddy, Christine et Leïla.

Aussi furent-ils soulagés quand Ralph se montra enfin.

Ce dernier se dépêcha de réunir son état-major pour lui faire part des derniers événements. La réunion se termina fort tard dans la nuit, et Ralph de dire pour clore l'entretien : « Nous nous battrons jusqu'au bout afin de sauver les nôtres ! »

8

Le jour du procès arriva enfin sans qu'ils sussent vraiment ce que voulait dire LORSQUE LA LUNE PAR DIX FOIS VOILERA LA FACE DE LA TERRE. Un fidèle serviteur du grand cacique Bohéchio était seulement venu les prévenir, la veille, que le jour **J** était pour le lendemain.

Le soleil avait mis du temps à se réveiller, paressant derrière quelques nuages comme s'il voulait ne pas se lever sur un jour aussi triste que celui-là. Ralph avait trouvé en lui un allié et un complice naturels. Et à cause de cela, il refusa de se montrer pessimiste, se faisant le devoir de remonter le moral de la petite troupe dont l'air totalement abattu faisait pitié. Ils avaient tous cherché vainement la dague sacrée dont Guarico, le plus grand des butios, avait parlé. Mais, nulle part au village, ils ne l'avaient trouvée. « Elle seule vous permettra de quitter l'île de Quisqueya, c'est la clé du passage, la seule porte de salut. À part elle, rien ne pourra empêcher la prophétie de se réaliser », avait affirmé le butios.

Le son du grand gong, placé pour l'évènement au milieu du village, retentit par trois fois. Un Indien peinturluré aux couleurs de guerre vint les prévenir que le procès allait débuter. Anacaona pressa très fort la main de Ralph comme pour lui donner courage.

– Je prie les Zémès de t'accompagner dans ton combat, dit la petite princesse; qu'ils te donnent la force de sauver ton peuple et tes compagnons.

Ralph la remercia d'un regard plein de reconnaissance.

À la file indienne, la petite troupe quitta la tente et pénétra au milieu d'un cercle où on avait installé un banc destiné aux accusés. En face d'eux, un autre cercle, mais vide celui-là.

Le grand chef Bohéchio, paré de ses plus beaux atours, prit la parole tandis que ses sujets s'installaient à même le sol autour de lui.

« Indiens, mes frères, voici venu le jour du procès des habitants de l'île jumelle du nom de Haïti. À cause de leur gestion lamentable, les occupants de cette terre, jadis belle et prospère surnommée perle des Antilles, doivent être jugés et condamnés afin que leur mauvais exemple ne soit pas suivi. Le sorcier de notre caciquat, Cayacoha, a consulté les oracles. Il se prépare à appeler ceux qui doivent constituer le grand jury. »

Un roulement de tam-tam se fit entendre, et Cayacoha, la face cachée par son grand masque des jours de prières, fit irruption dans le cercle en dansant. Il dansa pendant une bonne dizaine de minutes sur un rythme qui s'amplifiait de plus en plus, puis sur un coup sec, les tambours se turent, et le sorcier se jeta sur le sol la face la première.

Un silence de mort plana sur le village et sembla vouloir durer une éternité. Brusquement, une voix grave et lente se fit entendre dans le ciel :

— Que me veux-tu, grand sorcier Cayacoha ?

— Je te salue, Ô Grand Zémès ! je me permets de te déranger pour te demander de m'envoyer le grand jury qui doit présider le tribunal du jour. Nous jugeons les Haïtiens.

— Tes désirs sont des ordres, grand sorcier. Le grand jury, depuis longtemps constitué, avait hâte de voir arriver ce grand jour. Dans quelques instants, il sera parmi vous.

— Merci, grand Zémès.

Un coup de gong retentit, et le ciel pourtant clair se couvrit de nuages de couleurs rose, gris, rouge, pourpre et blanc. Ceux-ci se mélangèrent à une vitesse folle dans un spectacle des plus féeriques, puis un éclair zébra le firmament et laissa éclater un coup de tonnerre, tandis qu'un épais brouillard enveloppait le cercle dans lequel trônaient la table et les sièges vides. La terre trembla quelques secondes. Tous les Arawaks agenouillés, face contre terre, récitaient des prières avec une incroyable ferveur.

Quand le brouillard se dissipa, la bande des quatre ne pouvait en croire ses yeux. En face d'elle, sié-geaient, en tenue d'apparat, Toussaint Louverture, le précurseur de l'indépendance d'Haïti, trois généraux de la Grande Guerre de l'Indépendance : Jean-Jacques Dessalines, Henri Christophe, Alexandre Pétion en compagnie de deux anciens caciques Cotubanama et Caonabo.

La petite équipe, en proie à une terrible émotion, tremblait et claquait des dents. Jamais les jeunes Haïtiens n'avaient assisté à pareille scène de toute leur vie.

Le grand chef Bohéchio salua les nouveaux venus d'une profonde révérence et avec beaucoup de déférence. Il tapa des mains et des serviteurs empressés vinrent déposer aux pieds des grands esprits toutes sortes de présents et de victuailles.

Bohéchio se tourna vers la foule et dit :

– Souhaitons tous la bienvenue au grand jury !

Les Indiens poussèrent de longs cris en tendant par trois fois leur lance vers le ciel.

– Maintenant, que le procès commence ! déclara Bohéchio reprenant siège.

Un roulement de tam-tam se fit de nouveau entendre, et Cayacoha sortit du grand totem taillé en creux, dans lequel il s'était abrité momentanément, pour entamer son plaidoyer.

– Indiens mes frères, ces quatre jeunes ici présents au centre de ce cercle sont des Haïtiens, représentants de leur peuple. Ils sont accusés eux et les leurs de détruire ce beau pays qui fut le nôtre il y a à peine cinq cents ans. La terre appartient à ceux qui la travaillent. Tout le monde connaît le dicton. Eh bien, frères, ces gens ne travaillent plus leur terre, ils l'agressent et ils la blessent de plus en plus chaque jour comme des fils dénaturés qui détesteraient leur mère. Ce qu'ils font subir à cette terre est absolument inacceptable. Ils tuent la faune, la flore, ils coupent les arbres de manière immodérée, ils abattent des espèces d'oiseaux et d'animaux que l'on ne trouve nulle part ailleurs sur la planète. Lorsque nous habitions là-haut, la couverture végétale était de 90 %. Aujourd'hui, elle est à peine de 5 %. En plus, frères, ces gens ne s'aiment pas. Moi, qui ai le pouvoir de leur rendre visite, je peux vous affirmer qu'ils s'entretuent pour rien. Ils sont si occupés à se faire du tort que tout s'écroule autour d'eux sans qu'ils lèvent le petit doigt. Ceci est monstrueux. Ce nom d'Haïti est un nom affectueux qui signifie haute terre. Eh bien, frères, les belles montagnes d'autrefois sont frappées de calvitie à cause de l'irresponsabilité de ses nouveaux habitants. Elles hurlent, mais personne n'entend leurs cris. Les rivières sont asséchées et la mer est polluée par les détritus qu'on lui balance après chaque pluie. En haut, chers frères, c'est un grand asile, ils sont tous devenus fous. Ils ont oublié les vraies valeurs de la vie. Ils ont oublié que sans terre l'homme n'est rien, et est condamné à errer chez les autres. Frères, je peux dire sans risques de me tromper : ILS ONT ÉCHOUÉ. Et à cause de ce cuisant échec, ils sont condamnés à mourir pour restituer la terre à ceux qui l'aiment, ceux pour qui elle a toute son importance, ceux qui ont envie de la choyer comme un enfant. Imaginez-vous, chers frères, sept millions d'hommes incapables de gérer vingt-sept mille kilomètres carrés et des poussières. C'est aberrant, totalement incroyable. Alors, messieurs les jurés, devant un tableau aussi sombre, je vous demande de faire ce que tout individu conscient et responsable aurait fait, c'est-à-dire, prescrire la peine capitale : la destruction de cette race d'hommes qui n'a aucun amour pour sa terre, pour sa patrie, pour ses frères. Pour que la prophétie se réalise, pour que la légende de Quisqueya devienne une réalité, l'île de Quisqueya se doit de tout mettre en œuvre afin de sauver l'île d'Haïti de la plus grande des catastrophes, c'est-à-dire de son propre peuple, de ses propres héritiers. Les cyclones, les typhons, les raz-de-marée sont incapables de détruire autant que peuvent le faire les Haïtiens. Croyez-moi, messieurs les jurés, ces hommes ne méritent pas cette terre. Une simple visite là-haut pourrait être édifiante au cas où le grand jury aurait besoin de preuves supplémentaires si les vieux pneus et les détritus que nous recevons sur la tête ne lui suffisent point. Que l'île d'Haïti vive, que la légende de Quisqueya devienne réalité. Merci.

À ces mots, la foule en délire hurla pour marquer son approbation.

Le grand chef Bohéchio, qui jouait le rôle de juge, prit la parole à nouveau et dit :

« Accusés, qu'avez-vous à dire pour votre défense ? »

Inca, perché sur l'épaule d'Anacaona, poussa un cri strident et répéta les paroles du grand chef :

– Accusés, qu'avez-vous à dire pour votre défense ?

– Silence ! sinon je fais évacuer cette salle ! s'énerva le juge Bohéchio.

Le bel oiseau de feu répéta de nouveau :

« Silence ! sinon je fais évacuer cette salle ! », ce qui fit s'esclaffer la foule.

– Greffier, faites sortir cet élément perturbateur de la salle d'audience.

Un Indien se leva pour exécuter l'ordre du juge, mais Inca prit ses ailes à son cou et alla se percher sur la plus haute branche d'un grand arbre tout proche tout en continuant de rabâcher : « Silence ! sinon je fais évacuer cette salle ! Mais quelle salle ? C'est une cour, vieux radoteur ! »

Ce qui porta la foule à se marrer une nouvelle fois.

Le greffier haussa les épaules dans un geste d'impuissance, et l'audience reprit dans l'hilarité générale. Le juge allait de nouveau répéter la phrase responsable du désordre quand, jetant un coup d'œil vers l'arbre sur lequel était perché Inca, il y renonça afin d'éviter un plus grand désordre. Il dit seulement après s'être raclé la gorge : « Que l'audience recommence ! », d'une voix très faible pour ne pas attirer l'attention et les railleries du bel oiseau de feu.

Ralph, le représentant de la bande des quatre, se leva.

« Messieurs, je ne saurais nier les arguments de l'accusation. Mais, je pourrais évoquer pour votre gouverne, les principales causes de ce grand désordre. Reconnaître ses torts est un acte qui prouve une grandeur d'âme. Par conséquent, je reconnais que par notre comportement absurde nous sommes en train de perdre ce que nous aimons le plus au monde…

« Oui, messieurs, nous aimons cette terre en dépit des apparences », répondit Ralph au murmure de protestation qui parcourait la foule. « Nous nous y prenons peut-être de la mauvaise manière, mais les sentiments sont vrais. Et tout ce que nous demandons, c'est la chance de pouvoir nous racheter. Une chance pour pouvoir nous débarrasser de ceux qui jettent l'opprobre sur tout un peuple. Nous ne sommes pas tous les barbares que vous prétendez. Et, nous, de la nouvelle génération, qui avons compris à quel point nos aînés ont fait fausse route, nous sommes prêts à assurer la relève ! »

Toussaint Louverture se leva lentement et demanda :

« Savez-vous qui je suis, jeune homme ? »

– Bien sûr, Excellence, vous êtes Toussaint Louverture, le précurseur de l'indépendance de mon île, l'un des plus grands nègres que la terre ait produits. L'homme qui avait et qui a toujours l'admiration du monde entier. Vous avez été un grand stratège et un grand visionnaire.

– Mes compliments cher ami, au moins on vous apprend quelque chose là-haut. Mais savez-vous encore que quand je fus gouverneur de l'île, elle était surnommée la perle des Antilles. J'avais alors réalisé un grand rêve, celui dont les blancs croyaient un nègre incapable. J'avais fait mieux qu'un gouverneur blanc. Aujourd'hui, je suis très triste quand je regarde mon île, quand j'entends les blancs ricaner en disant que « les nègres sans gouverneurs, sans commandeurs ne sont rien, ils vivent comme des bêtes ». C'est ce spectacle lamentable que vous offrez au monde.

– Toussaint a raison, dit le général Dessalines en se levant à son tour. Nous, les héros de l'indépendance, avons tout fait pour vous assurer un avenir meilleur que le nôtre. Mais tout ceci a été foulé aux pieds. Nous vous avons offert sur un plateau d'argent la première république noire du monde, et qu'en avez-vous fait ? Le pays le plus pauvre de l'hémisphère Nord, un pays qui vit de la charité des grandes puissances. Quoi de plus humiliant, dites-moi ? Votre terre regorge de richesses; au lieu de les exploiter, vous préférez vous entre-déchirer, et les puissances étrangères profitent de vos zizanies pour reléguer au stade de faits divers cette grande bataille gagnée en 1804 contre l'armée napoléonienne. C'est vraiment désolant.

– Vous avez tous raison, déclara Ralph, mais moi, tout ce que je vous demande c'est une seconde chance, c'est de faire confiance à une jeunesse qui a décidé de relever la tête, de reconquérir cette dignité perdue. Mes compagnons et moi pouvons vous affirmer que notre génération prendra fait et cause pour notre pays. Nous voulons léguer aux générations futures, à nos enfants, une terre où il fera bon vivre.

Anacaona, Ruddy, Leïla et Christine furent les seuls à applaudir Ralph. Et aussi Inca qui avait repris sa place sur l'épaule de sa maîtresse et s'égosillait à répéter : « Une terre où il fera bon vivre, une chance, une chance, donnez-leur une chance… une chance, pardi ! »

– Silence ! intima Bohéchio à Inca. Mais, je vais finir par plumer cet oiseau, par tous les dieux !

– Mais, je vais finir par plumer cet oiseau, par tous les dieux ! riposta Inca.

– Oh assez ! assez ! dit Bohéchio excédé, la cour se retire pour délibérer. L'audience reprendra au coucher du soleil.

La foule se dispersa dans un brouhaha général.

Anacaona et Inca vinrent chercher les accusés pour les inviter à se joindre à eux au bord de la rivière. Quand ils furent enfin seuls, la petite princesse laissa éclater sa joie.

– Bravo Inca, dit-elle en embrassant l'oiseau, mission accomplie ! Personne n'aurait osé perturber la séance autant que tu l'as fait. Cela nous donnera le temps de fourbir nos armes. Ralph, j'ai une bonne nouvelle pour toi. J'ai trouvé la dague. Je l'ai repérée enfin.

– Quoi ! Tu plaisantes ? Où est-elle, où est-elle ? Allez, dis vite que j'aille la chercher.

– Aïe, aïe, aïe ! pas si vite Ralph ! Ce ne sera pas aussi facile que tu peux le croire.

– Allez ! parle ! Ne me fais pas languir.

– Eh bien ! voilà ! La dague était encore plus près que nous le croyions... Elle pend à la ceinture de Cayacoha.

– Mais bon Dieu de bon sang ! comment est-ce possible ! Pourquoi n'y avions-nous pas pensé ? Un instrument aussi précieux, Cayacoha doit ne jamais s'en défaire. Maintenant, comment faire pour la récupérer ? Elle est si proche et en même temps si éloignée.

– Mais, de quoi parlez-vous ? interrogea Christine qui ne comprenait plus rien à leur charabia.

– Eh bien ! je vais tout vous expliquer ! répondit la princesse Anacaona.

– Non, laisse-moi l'honneur de tout leur raconter, supplia Ralph. Si je me trompe dans mon récit, n'hésite pas à m'interrompre.

D'un coup d'œil complice, la petite princesse acquiesça.

– Bon voilà, d'après Guarico, le plus grand et aussi le plus vieux des butios, notre seule chance de salut est cette fameuse dague que détient Cayacoha. Le grand totem qui trône au milieu du village est la clé du mystère. Si nous ne parvenons pas à récupérer cette dague, lorsque nous serons reconnus coupables, Cayacoha pour accomplir la légende plongera celle-ci dans le coin gauche du totem provoquant ainsi un raz-de-marée qui anéantira totalement notre peuple.

– Oh mon Dieu ! quelle chose horrible ! Il nous faut à tout prix l'empêcher de poser pareil acte, dit Christine.

– Mais ce n'est pas tout de l'empêcher d'accomplir la prophétie, comment allons-nous nous en sortir après ? demanda Leïla, angoissée.

– Voilà une question extrêmement pertinente, répondit Ralph, la réponse est simple : la dague !

– Encore elle ?

– Oui, c'est une arme à double tranchant, elle peut indifféremment sauver ou tuer. Par un phénomène tout à fait incroyable, la dague permet aussi à son possesseur de partir pour l'île là-haut, la nôtre. Il suffit de l'introduire dans la petite fente qui se situe à droite du totem et de s'enfermer à l'intérieur de celui-ci pour se retrouver en Haïti grâce à tout un système d'autopropulsion extrêmement sophistiqué.

– Wouaou ! prononcèrent en chœur les jeunes gens, excités, fortement impressionnés et désirant voir de plus près cette petite merveille de technologie qui mériterait d'être testée sur l'heure.

– Vous vous imaginez ce que ça représente ? s'exclama Ralph. Pourtant, Guarico est formel, ce chemin existe depuis cinq siècles. Qui l'a conçu ? Mystère, personne n'en parle jamais prétendant que les Zémès seuls le savent. Moi, je dis qu'à côté de tout ça, la guerre des étoiles n'est rien. Bon ! assez parler ! Il nous faut être très rationnels si nous voulons sauver notre peuple et nous en tirer, nous aussi. Armons-nous de courage !

La bande des quatre passa encore une demi-heure à élaborer un plan avec Anacaona. Ils étaient encore en train de discuter quand le gong retentit.

L'heure de vérité était arrivée.

■ ■ ■ ■ ■ ■ ■ ■ ■ ■ ■

9

Un roulement de tam-tam annonça le retour du grand jury. Sur le banc des accusés, la bande des quatre se tordait les mains. Leur destinée et celle de tout un peuple allaient-elles être scellées en ce moment même ? C'est le cœur battant qu'ils virent Toussaint Louverture remettre au juge Bohéchio le résultat de la délibération du jury. Un silence lourd plana sur l'assistance.

Bohéchio, quand le roulement de tambour se fut tu, déroula le parchemin avec une extrême lenteur, aggravant ainsi l'angoisse des jeunes accusés.

« Nous, le grand jury, composé des grands chefs indiens, premiers possesseurs du pays d'Haïti, et de nous les généraux Toussaint, Dessalines, Pétion et Christophe qui nous sommes battus jusqu'au sang pour offrir à cette belle terre d'Haïti sa liberté, déclarons les actuels habitants de l'île, coupables du crime de haute trahison. Coupables de non-assistance à pays en danger. Coupables de faire passer leurs intérêts mesquins avant le bien-être de l'île, de massacrer les arbres et la végétation en général, de détruire leur prochain de la manière la plus barbare, de faire disparaître des centaines d'espèces d'animaux terrestres et marins, semant ainsi le deuil et la désolation... »

Entre-temps, Ralph n'en finissait pas de s'agiter sur son siège, fixant Cayacoha et se demandant si lui chiper sa dague serait chose aisée, vu qu'il avait une main posée sur elle en permanence. Les accusés suaient à grosses gouttes en avalant péniblement leur salive.

« ... Par conséquent, nous du grand jury, qui aimons cette terre d'un amour fort et qui ne pouvons supporter qu'elle soit ainsi maltraitée, condamnons ses locataires à la destruction par raz-de-marée. Car, cette terre, ils ne la méritent pas ! »

La foule hurla de joie en brandissant des lances vers le ciel.

Ralph se leva en hurlant :

« Vous ne pouvez pas faire ça ! Donnez-nous au moins une chance de vous prouver de quoi nous sommes capables ! »

– Vous avez eu deux cents ans, deux siècles entiers pour prouver votre amour et vous osez encore demander une chance ? Gardes, maîtrisez-les !

Cayacoha, devant le totem, avait dégainé sa dague. Des gardes encerclaient la bande des quatre qui, le cœur battant, sentait s'évanouir tous ses espoirs. Le plan n'avait pas fonctionné comme prévu. Mais où étaient donc Inca et Anacaona ?

Le roulement de tam-tam reprit quelques secondes puis ce fut le silence le plus total. Cayacoha, à genoux maintenant, priait les dieux en tenant la dague à bout de bras.

– C'en est fait de nous ! dit Ruddy en serrant contre lui ses cousines éplorées.

Au moment où le désespoir faisait loi dans l'esprit des petits Haïtiens, un cri retentit au-dessus de leur tête :

– À l'attaque ! criait Inca, de sa voix éraillée.

Ils n'en crurent pas leurs yeux. Inca avait enfin compris ce qu'on attendait de lui. L'oiseau vola au ras de la foule provoquant la panique, puis fonça tout droit vers le sorcier qui achevait tout juste sa prière.

« À l'attaque ! », répétait-il, tandis que ses pattes recourbées en forme de serres s'emparaient de la dague. Cayacoha, médusé, terrassé par l'effet de surprise, resta pétrifié: une armée d'oiseaux de toutes sortes s'abattit alors sur les spectateurs.

« À l'attaque ! » continuait de répéter Inca en emportant la dague qu'il laissa tomber dans les mains de Ralph.

– Elle est à nous, s'écria celui-ci, euphorique, en se tournant vers ses camarades. Venez, partons vite d'ici pendant qu'il en est encore temps.

Profitant du désordre général, du désarroi de Cayacoha qui poursuivait Inca – il croyait l'oiseau toujours en possession de la dague – la petite équipe se réunit autour du totem. Anacaona vint les rejoindre en courant. Ralph introduisit la dague dans le totem.

— Vite, vite, petite princesse, dit Ralph, le mot de passe qui nous ouvrira les portes de l'île jumelle.

Anacaona fouilla dans ses poches avec fébrilité.

— Vite, vite, insista Ruddy, Cayacoha risque à tout moment de nous repérer.

Mais au grand désespoir de tous, la princesse n'avait plus le mot de passe, malgré les mille précautions prises pour ne jamais s'en séparer depuis le jour où Guarico le lui avait confié.

Le petit groupe s'impatientait.

Christine et Leïla étaient au bord de la crise de nerfs, incapables de maîtriser leurs trépignements.

Brusquement, Ralph s'écria : « Inca ! Inca connaît la formule, il s'amusait à la répéter après nous, tu t'en souviens Anacaona ?

— Incaaaaaa ! hurlèrent en chœur les jeunes gens tandis que Ruddy sifflait pour appeler le bel oiseau couleur de feu.

Le perroquet, en entendant hurler son nom, fit volte-face afin de rejoindre le groupe. À ce moment précis, Cayacoha le repéra et se dirigea lui aussi vers les jeunes excursionnistes, détenteurs de sa dague sacrée.

Répondant à un ordre du sorcier Cayacoha, quelques Indiens tentèrent de faire prisonniers Ralph et Ruddy. Heureusement que ceux-ci n'avaient jamais négligé leurs cours de Karaté. Ils eurent tôt fait de mettre en pratique leur Tae kwon do, mettant K.O. en quelques secondes une bonne douzaine d'Indiens que Christine et Leïla achevaient en leur écrasant sur le crâne quelques cruches en terre cuite. Les Indiens prirent la fuite en jurant que les carabines à poudre des conquistadores en 1492 n'étaient rien à côté de ces jeux de mains et de pieds.

Un autre groupe d'Indiens se croyant plus forts s'a-venturèrent à leur tour. Ils connurent le même sort que leurs prédécesseurs.

La bande des quatre se défendit du bec et des ongles au nom du sauvetage de leur peuple.

– Vite, vite, Inca ! le mot de passe, le mot de passe ! Nos amis sont en danger, s'époumona de nouveau Ana-caona.

– Zémès, Zémès tout-puissants, ouvrez-moi les portes de la légende de Quisqueya ! cria Inca en plein vol.

La petite équipe, ébahie, vit s'ouvrir le totem. Elle s'y engouffra sans demander son reste. Ralph eut à peine le temps de récupérer la dague. La paroi se refermait sur eux quand Inca les rejoignit de justesse, laissant derrière lui quelques plumes et un Cayacoha furieux et vexé de s'être fait rouler par ces petits diables.

Trois secondes s'écoulèrent sans que rien ne se passe. Déjà les enfants échangeaient des regards inquiets quand une brusque propulsion les projeta en avant à une vitesse qui devait friser les deux cents kilomètres à l'heure. Ils hurlèrent de toute la force de leurs poumons. Oui, ils avaient la sensation d'être encore une fois sur une énorme montagne russe qui les menait à une allure d'enfer du paradis retrouvé au paradis perdu. Combien de temps dura ce voyage au centre de la Terre ? Nul ne saurait le dire, tous ayant perdu tout à coup toute notion de lieu, d'espace et de temps.

■ ■ ■ ■ ■ ■ ■ ■ ■ ■ ■ ■

10

Quand le train infernal stoppa enfin sa course, ils furent tous éjectés du long tunnel et ils atterrirent sur leurs petites fesses sur le sol rougeâtre des deux mille quatre cent mètres du pic Macaya, à l'endroit même où avait commencé leur grande aventure.

Quand le « chef » Ralph, après avoir procédé à l'appel, constata la présence de tous les membres de son équipe avec aussi celle d'Anacaona et d'Inca, il laissa éclater sa joie.

Ruddy se releva en se tenant la tête des deux mains.

— Dites-moi que je n'ai pas rêvé. Je n'arrive pas encore à croire que nous ayons vécu cette belle histoire.

— Nous avons gagné, nous avons gagné ! s'extasia Christine, alors que des larmes de bonheur et de soulagement perlaient dans les yeux de Leïla.

— Et voilà ! tout le monde est sauvé ! reprit Ralph d'un air satisfait.

– Mon Dieu ! qu'est-ce qu'il peut faire froid ici ! s'exclama Ruddy. Il est temps pour nous de rentrer à la maison. Nos parents doivent être fous d'inquiétude.

– C'est vrai, renchérit Christine. Moi, à leur place, je serais morte d'angoisse. Anacaona, viens-tu avec nous ? J'aimerais te présenter à ma famille. Je suis sûre que mes parents seraient ravis de faire ta connaissance ainsi que celle d'Inca, ton bel oiseau de feu.

– J'aimerais bien, mais cela est impossible. Je dois m'empresser de retrouver les miens. Ici prend fin ma mission. Je suis heureuse que vous ayez pu sauver votre peuple. Vous avez été admirables.

Inca répéta « admirables ! », en allant se percher sur la main de Leïla qui l'embrassa sur la tête. Toute l'équipe éclata de rire et remercia avec effusion la petite princesse et son perroquet génial.

– Nous ne t'oublierons jamais, princesse, lui assurèrent les filles.

– Nous ne saurons jamais comment te remercier de ton aide !, lui dirent les garçons.

– Allez, votre bonheur à tous me suffit ! Partez maintenant avant que ne tombe la nuit.

Ils serrèrent, à tour de rôle, la princesse dans leurs bras tandis que Ralph, le cœur étreint par l'émotion, restait en retrait.

– Bonne chance, leur dit-elle.

La petite équipe salua la princesse une dernière fois d'une profonde révérence et resserrant leurs chandails pour se préserver du froid, ils s'en allèrent.

Ralph, les yeux rivés sur Anacaona, entendit les pas de ses compagnons décroître sur le sol broussailleux de la montagne. Quand ils furent seuls, la petite princesse et lui s'étreignirent pendant de longues minutes dans un profond silence qui ne laissait percer que le bruit de leur cœur battant à l'unisson dans toute la force de leur jeune et bel amour.

Ralph, le premier, se détacha de sa compagne. Il tira de sa poche une chaîne au bout de laquelle pendait une belle opale cerclée d'or.

Avec une infinie douceur, il la passa au cou de la petite princesse tremblante d'émotion mal contenue.

– Ceci est pour te dire merci pour tout et aussi... aussi... pour te dire combien... je tiens à toi. Ce bijou avait appartenu à ma grand-mère. Je reviendrai un jour te chercher pour t'épouser, je t'en fais le serment.

– Pour m'épouser ? bégaya Anacaona, émue, mais mon père ne voudra jamais... à cause de...

– Ne t'en fais pas, je vais tout mettre en œuvre pour mériter ton amour et le respect de ton père et des tiens. Quand je reviendrai dans quelques années, mon pays sera aussi beau que Quisqueya. Une nouvelle chance nous est offerte afin de nous racheter. Nous n'allons pas la rater cette fois. Je ferai l'impossible pour mériter ton cœur, ma belle princesse. Dis, tu m'attendras?

– Je ne vivrai désormais que pour le jour de nos retrouvailles.

En disant cela, elle tira un anneau de son doigt, prit la main de Ralph et mit la bague à son annulaire.

– Prends ceci en gage de mon amour éternel, murmura-t-elle en lui baisant timidement la joue. Je suis fier de mon héros, ajouta-t-elle, en lui dédiant son plus beau sourire.

– Je t'aime, dit-il en la prenant dans ses bras.

– Je t'aime, répondit-elle.

Quand leurs lèvres se joignirent, ils eurent tous deux l'impression de flotter sur un nuage. De longues minutes s'écoulèrent ainsi.

Ralph, au prix d'un effort surhumain, finit par libérer la petite princesse de son étreinte.

– Allez, va maintenant ! Tu diras à Cayacoha que dans quelques années je reviendrai pour lui restituer la dague. À ce moment-là, elle ne servira plus à punir, mais seulement à faire visiter mon beau pays aux habitants de Quisqueya. Et puis il faudra bien que tout le monde vienne assister à nos noces dans cette autre Haïti.

Leurs yeux eurent du mal à se détacher de leurs visages, et leurs doigts entremêlés se dénouèrent avec peine, mais leurs cœurs pleins d'amour et gonflés d'espoir savaient que les fruits tiendraient la promesse des fleurs.

– Au revoir, je t'aime, je t'aime! répéta Inca, l'œil brillant.

Ralph lui piqua un baiser sur le crâne en riant.

— Au revoir, Inca !

Quand la petite princesse disparut dans le tunnel, emportant son bel oiseau salvateur, Ralph poussa un cri d'allégresse en offrant son visage à la fine pluie qui commençait à tomber comme une bénédiction.

Port-au-Prince le, 23 septembre 1998

TAÍNO SYMBOLS

frog – coquí

snail – caracol

sun – sol

baby – niño

MARGARET PAPILLON

L'AUTEUR

Margaret Papillon est née en novembre 1958 à Port-au-Prince, Haïti. Épouse du peintre Albert Desmangles et mère de deux enfants, Sidney-Albert et Coralie-Agnès, elle publie depuis 1987. En 1995, elle abandonne ses activités de professeur d'éducation physique pour se consacrer entièrement à l'écriture.

« Si je ne prends pas le temps d'exorciser tous ces personnages qui m'habitent, ils vont finir par m'étouffer ! », avoue la romancière en riant.

BUTTERFLY PUBLICATION
Miami Florida

Printed in Great Britain
by Amazon